新修長沙府嶽麓志目錄

請書額疏

巡撫偏沅等處地方提督軍務兼理糧餉都察院右副都御史臣丁思孔謹

題爲恭請

御書賜額

頒給講義諸書以光舊制以昭化成事竊惟湖南

蕩平以來六七年間家

皇上深仁厚澤覆露涵濡不獨昔日流移已多歸復

而休養生息閭里安邪鑿井耕田共享升平之

樂君南服而欽聞

聖學精深窮微極著

闡明道蘊直接心傳經術表彰皆撰奧義自古帝

王之學未有如我

皇上者也於是聞風振起漸有可觀至若

宸章炳煥龍鳳騫騰天下臣民咸願仰瞻

御筆以慰就雲望日之思喁喁翹慕莫不皆然臣所

治長沙府有嶽麓書院原爲天下四大書院之

一查舊志於有宋開寶九年始建咸平四年詔

賜國子監經籍祥符八年周式爲山長至蒙召

見使歸教授又賜額給中秘書嗣後張栻朱熹等相繼於此講學四方學者至數千人自宋歷明雖間有興廢而長沙爲都會之地先儒之典型尚存頃遭逆亂遂致荒蕪臣於康熙二十三年二月到任視事經年見百姓樂生趨事上下亦慕道知文因念書院爲先賢講明理學之所實與治化有關隨於二十四年春倡率所屬司道等官捐貲修造堂廡學舍次第告成院左舊有

先聖及四配廟像俱加整飭丹青俎豆咸已秩然又捐置義田三百畝以充膏火之資遴擇宿儒主教俾遠近生徒得以負笈相從庶幾不負

皇上重道崇儒之至意伏懇

皇上萬幾之暇

御書匾額并

日講解義諸經書統祈

頒賜懸貯其中使士子旦夕恭覩

宸翰油然生其忠愛之心而誦習經書又仰見
皇上睿知天縱
廣厦細旃之上與諸儒臣討論精微
孜孜不倦若此莫不益加砥礪共效覌摩學業既
勤真儒斯出則
聖學天章昭垂萬禩而人文化成之治超於三代矣
臣謹具
題伏乞
睿鑒勅部議覆施行奉
旨該部議奏
康熙二十四年十二月　日

第二疏

巡撫偏沅等處地方提督軍務兼理糧餉都察院右副都御史臣丁思孔謹

題爲恭請

御書賜額

頒給講義諸書以光舊制以昭化成事康熙二十
五年四月初六日臣准禮部咨開儀制清吏司
案呈奉本部送禮科抄出該本部覆偏沅巡撫
丁　題前事內稱該臣等議得偏沅巡撫丁
疏稱長沙府嶽麓書院原爲四大書院之一查

舊志張栻朱熹等相繼於此講學伏懇

皇上萬幾之暇

御書匾額并

日講解義諸經書稿祈

頒賜等因前來查康熙二十四年五月內臣部以
江西南康府白鹿洞書院係唐時李渤讀書宋
時朱熹講學之處請給

御書匾額并給經書等因具題准行在案今該撫丁
疏稱舊志內有嶽麓書院張栻朱熹講學等

語臣部移咨翰林院查取湖廣長沙府新志書內止載有張栻在嶽麓書院作記並未載有張栻朱熹講學之處志書係一處之志書舊志內有張栻朱熹在嶽麓書院講學該省所送翰林院新志又未載有張栻朱熹在嶽麓書院講學相應

勑下該撫確查明白具題到日再議可也等因康熙二十五年三月初三日題本月初五日奉

旨依議欽此欽遵抄部送司奉此相應移咨爲此合

咨前去查照施行等因咨移到臣准此該臣看得嶽麓書院爲先儒講學之所原其初意以郡縣庠序師生所重在制舉之業而書院之設則待四方學者相聚切磋專務修明道德甚盛事也故自始建以來典理修舉代不乏人伏惟我

皇上文德武功人安區宇

宵衣旰食念切民生加以

聖學高深窮幽極顯

紹堯舜之正緒

闡孔孟之微言歷觀史冊所載帝王之學術事功
未有比隆於我
皇上者也臣本以庸愚特蒙
簡任朝夕宣布
聖德撫育庶民顧茲鑿井耕田咸已樂生興事因仰
體我
皇上重道崇儒之至意惟以勸學爲先務伏查嶽麓
書院係宋開寶季間郡守朱洞始建歷四十餘
年州守李允則爲請於朝乞以書藏祥符八年

周式爲山長召見便殿拜國子監主簿使歸教
授詔以嶽麓書院爲名增賜中秘書籍於是書
院之稱聞於天下與嵩陽白鹿洞等稱四大書
院然嵩陽等皆民間所建惟嶽麓創自郡守其
名尤著乾道元年劉珙爲安撫使重加修葺請
張栻主教事因爲之記時栻家於潭州乾道三
年朱熹自閩來潭訪栻留止兩月講學於院中
手書忠孝廉節四字及道鄉臺等題額是年劉
珙自湖南召爲同知樞密院事史稱其陳聖王

懇
御書匾額并
日講解義諸經書統祈
頒賜等因臣部題覆長沙府新志書內並未載有
張栻朱熹在嶽麓書院講學相應
勅下該撫確查明白具題到日再議等因具題行文
去後今據該撫疏稱嶽麓書院宋乾道元季張
栻主教事三季朱熹自閩來潭講學紹熙四年
朱熹知潭州學者千餘人元吳澄有嶽麓書院

記等因前來今值我
皇上崇儒重道之時相應將該撫所請照江西白鹿
洞書院之例頒給
御書匾額并給發
日講解義及經史諸書其所請
御書匾額由翰林院請
旨送至臣部其經史亦由該衙門送部即頒給嶽麓
書院可也等因康熙二十五年八月十二日題
本月十六日奉

旨依議欽此欽遵抄部送司奉此相應移咨爲此合
咨前去查照施行

請褒先賢條奏

湖廣湖南等處承宣布政使司布政使臣張仲舉奏　爲

聖學集千古大成

宸章爲萬代瞻仰特懇褒異地方先賢以光

聖化事臣一介賤士荷

皇上特達之恩得備大藩任湖廣湖南布政使每念

駑鈍之材碌碌奉職無以酬荅

聖恩萬一然未常不私幸生逢

聖主文治武功炳煥九域度越百王臣等遵守章程

苟幸無過又每從邸報中見

皇上萬幾餘暇無日不以先聖先賢爲

經筵日講不間寒暑纂修五經頒行郡國臣職在

甸宣亦應推揚

聖意講求雅化之所宜先少補涓埃而愚昧無識不

知所從爰於康熙二十三年恭逢

皇上躬詣闕里

親行釋奠

御書萬世師表四字勒之廟楹後允言臣請頒發天

下學宮欲使四海之內九州之衆無不興起於
教化之中以令堯舜禹湯文武之世復見於今
日也臣因思湖南一境夫
神京數千里而遠地隣苗獠時經兵燹雖以
皇上聖德光被如天如日無不覃遍而幽阻僻遠之
區詩書禮樂之訓究未得與鄒魯齊觀此非有
以改易其耳目聳動其聽觀未足以興起頑俗
誕開文教先儒周惇頤生於道州我
皇上特爲表彰錄其子孫許其世襲祠廟專祀煥然
改觀但道州屬在湖南境內臣愚敢懇
皇上特灑
宸翰褒以四字臣得仰承光華勃之祠額寵鄉僻壤
並見
天章璀粲如星漢昭垂庶幾境內之民改容易視鼓
舞震動以生其向往則
皇上右文敷教之治山陬谿谷之間若或見之也如
以惇頤一人不容於諸儒獨異或有宋諸儒
皇上槩

賜四字須發
宸奎令各地方官摹勒各祠則非獨先儒一家一姓
之榮實千秋道統之榮矣臣因述職之期仰覲
天顏側得條列地方事宜故敢俯竭愚鄙伏乞
睿鑒施行奉
旨該部會同翰林院議奏
禮部等
題爲
聖學集千古大成等事禮科抄出湖布張　題前事

奉
張　奏
旨該部會同翰林院議奏欽此該臣等會議得湖布
稱先儒周惇頤生於道州我
皇上特爲表彰錄其子孫許其世襲祠廟專祀煥然
改觀但道州屬在湖南境內敢懇
皇上特洒
宸翰褒以四字如以惇頤一人不容於諸儒獨異或
於有宋諸儒

皇上概賜四字須發
宸奎令各地方官摹勒各祀則非獨先儒一家一姓
之榮等因前來查宋儒周惇頤后嗣周加耀已
蒙
特恩授五經博士仍准世襲以奉祠事今應將周惇
頤祠堂恭請
皇上賜額
御書以褒美先賢鼓勵后來其餘有宋諸儒從祀兩
廡者惟程顥程頤張載邵雍朱熹五子與周惇
頤並稱先賢若周子祀既蒙
賜額則五子祠亦應並給遵按通志程顥程頤係河
南河南府洛陽縣人其地有二程祠邵雍係河
南府嵩縣其地有邵康節祠張載係陝西鳳翔
府郿縣人其地有橫渠書院朱熹原籍江南徽
州府婺源縣后居福建建寧府崇安縣今崇安
有紫陽書院婺源有文闕里應并請
御書匾額以彰
皇上崇儒重道一體

褒揚之意至於
欽頒
御書由翰林院移送禮部發各省撫臣
豎匾懸掛謹
題請
旨奉
旨依議

於穆媧后化聖立極帝乃輔
萬天柔昏寍八季鄉勤以陰
乃鎔煉石無稽錫圭威烈
式崇禋功百王讓德祀後先
載配鉤樞歷氏日無間後
乘是徹銖平樂普敢錫儀
式

山陰後學趙寍敬識

朱文公像

孔孟之道宋儒是萃肇自濂溪
紫陽明備著述久垂斯文不墜
維此潭州過化之地書院重新
遺容爰貴仰止高山羹墻寤寐

山陰後學趙寧敬識

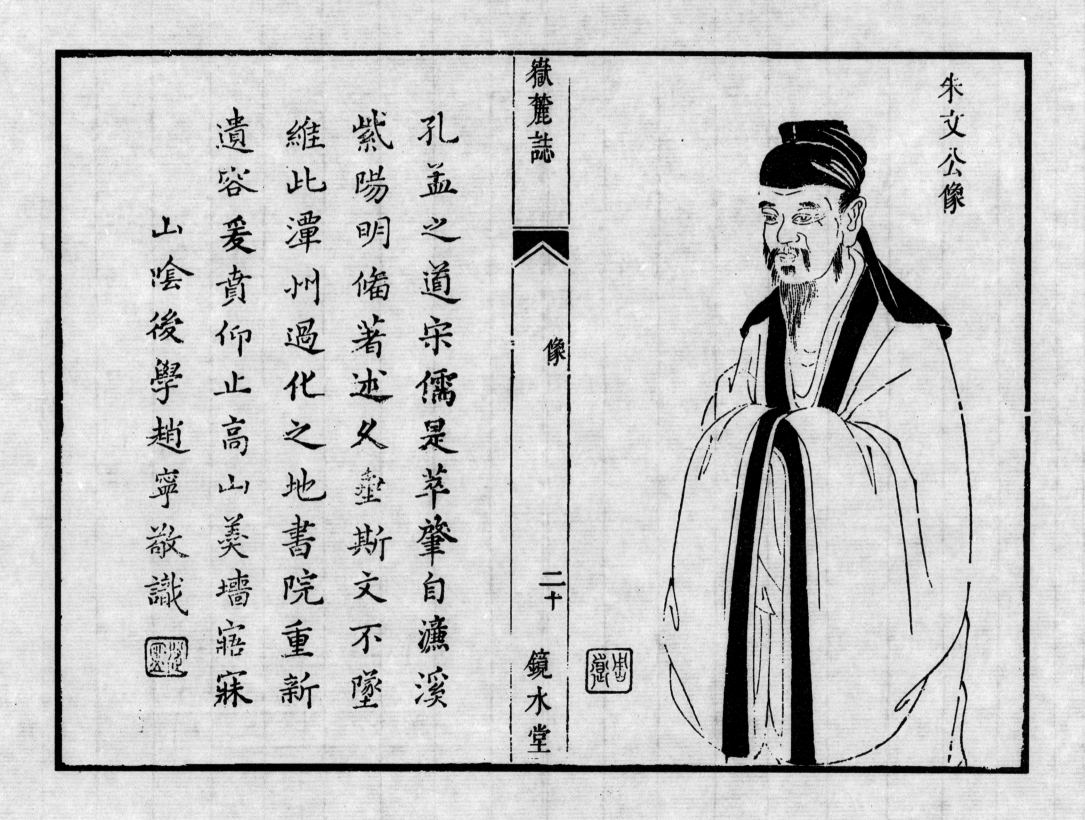

南軒張氏像

卓爾先生自拔賢胄得學五峰
鍾靈岷岫屢空昰希太極爰究
築院城南笈從輻輳朋來自遠
敎弘遠攬千載之下流風如覿

山陰後學趙寧敬識

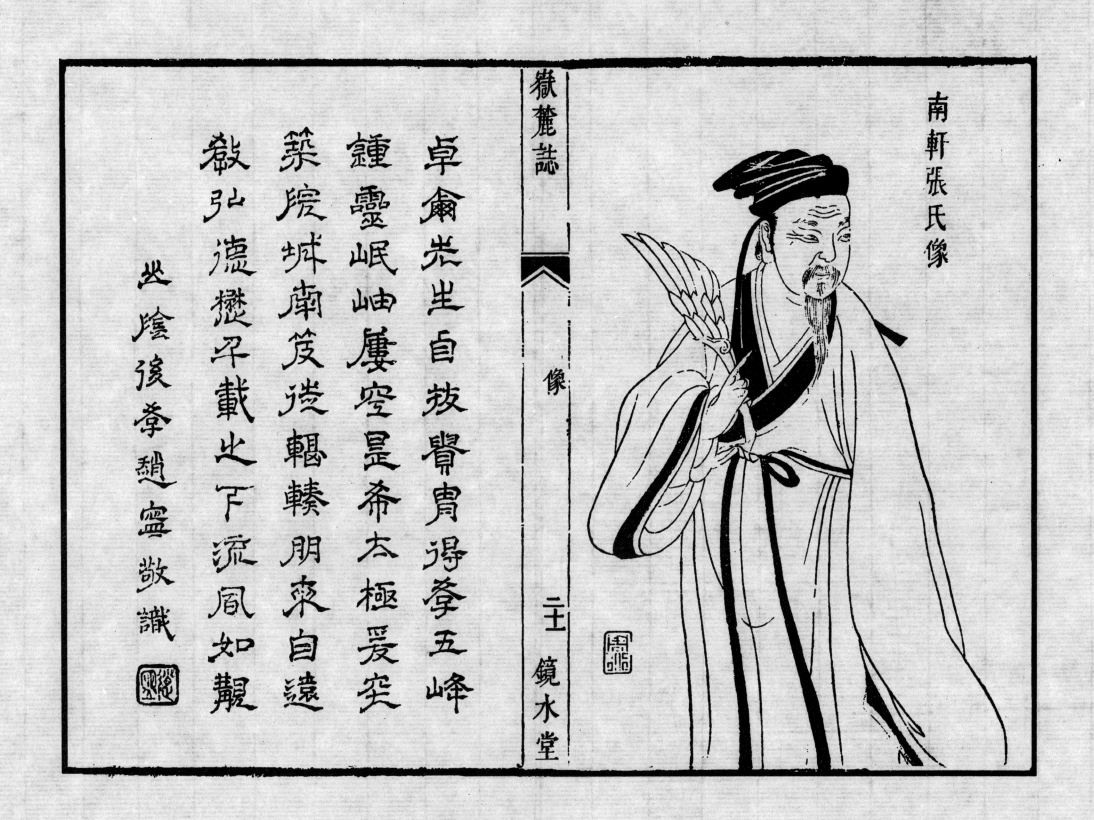

嶽麓總圖序

凡志天下山川必上攷分野下紀形勢所以辨方者位使廣輪細數無不可周知也嶽麓爲衡岳七十二峰之一其分野自隨南嶽而其方位則相去數百十里若岳牧之禀承王度而亦各尊於一方者其形其勢烏可以無紀乎况上有峋嶁之摹蹟下有書院之遺芳則所以動四方之嚮慕而啟後學之景仰者尤非獨卧遊之資已也作嶽麓總圖

趙寧識

嶽麓 總圖

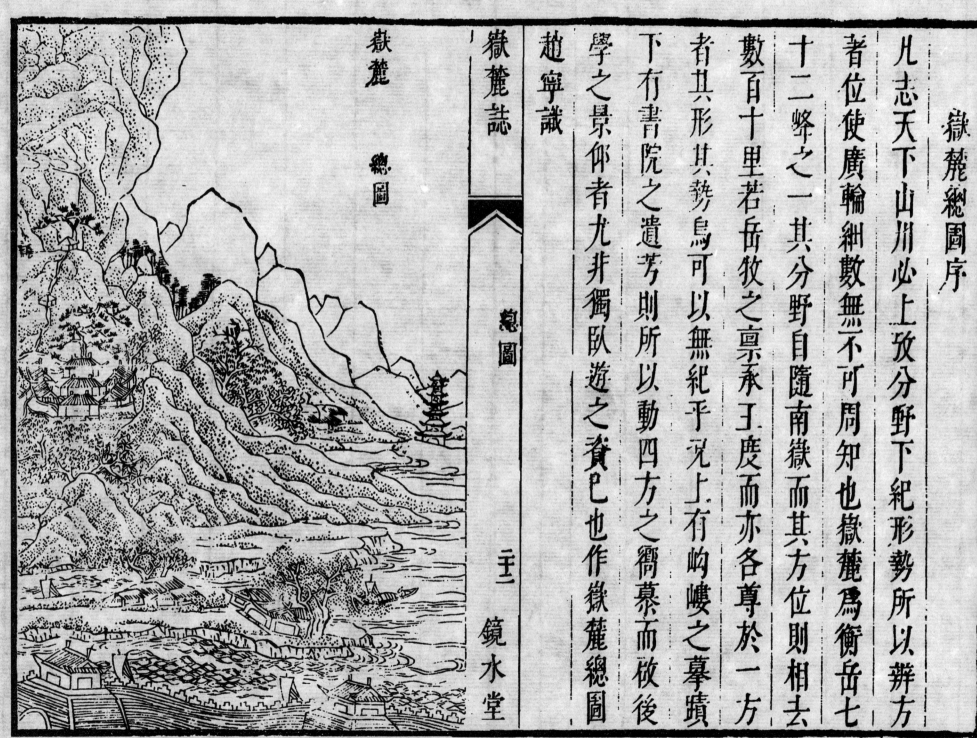

瀟湘八景圖序

瀟湘八景非嶽麓有也似可以不志然攷古長沙南盡零陵北踰下雋瀟湘二水合而入於三江楚于洞庭蓋湖山千里八景皆在其中登嶽麓者遠則睇收近則襟舉莫不奄而有焉是八景宜系于嶽麓志嶽麓不容不志八景也因爲圖八附於圖後而凡古今詩詞之詠八景者悉採入後之藝文以資世之曠覽者趙寧識

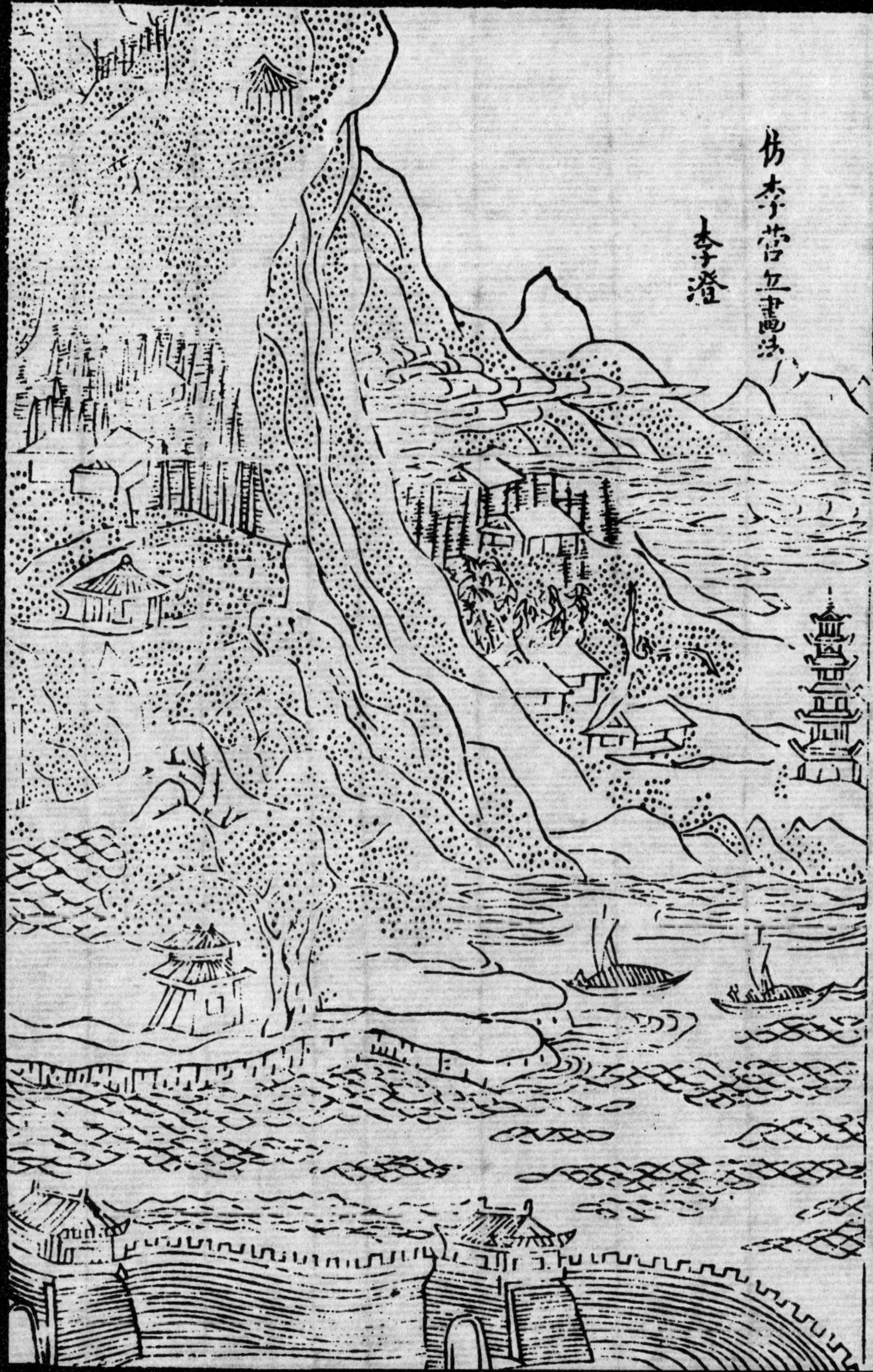

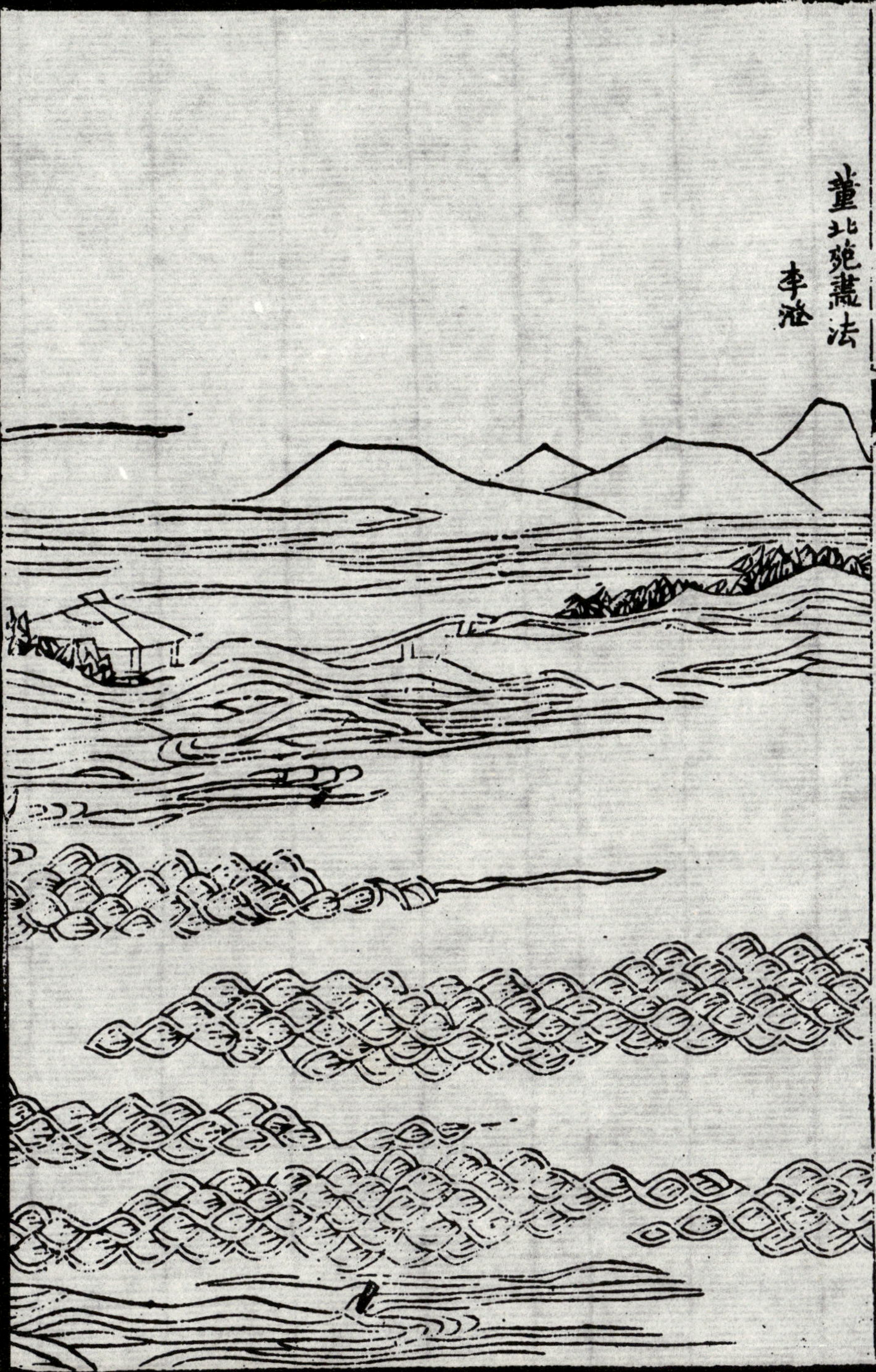
董北苑畫法
李滋

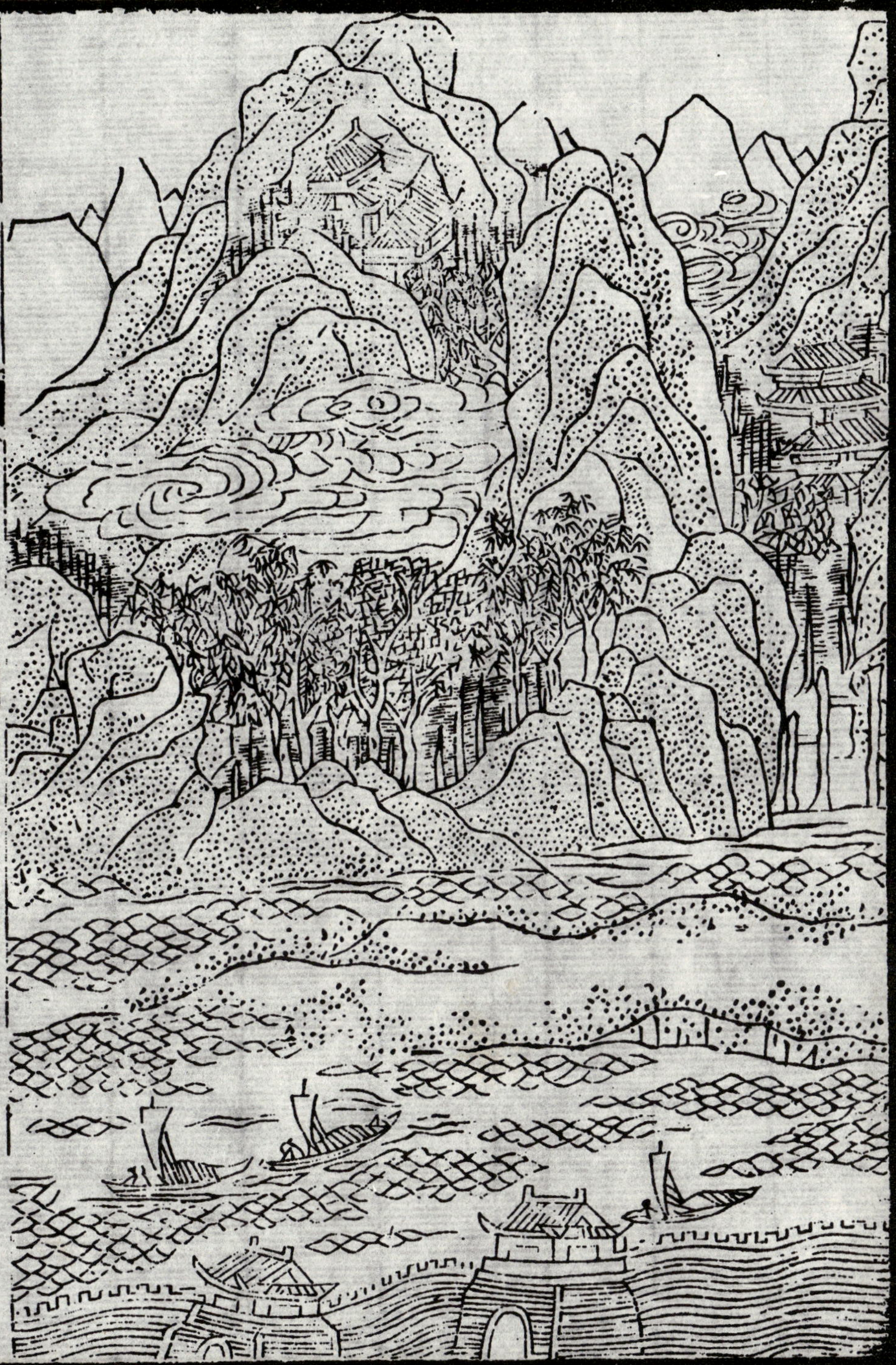

劉松年筆意
李澄

八景圖

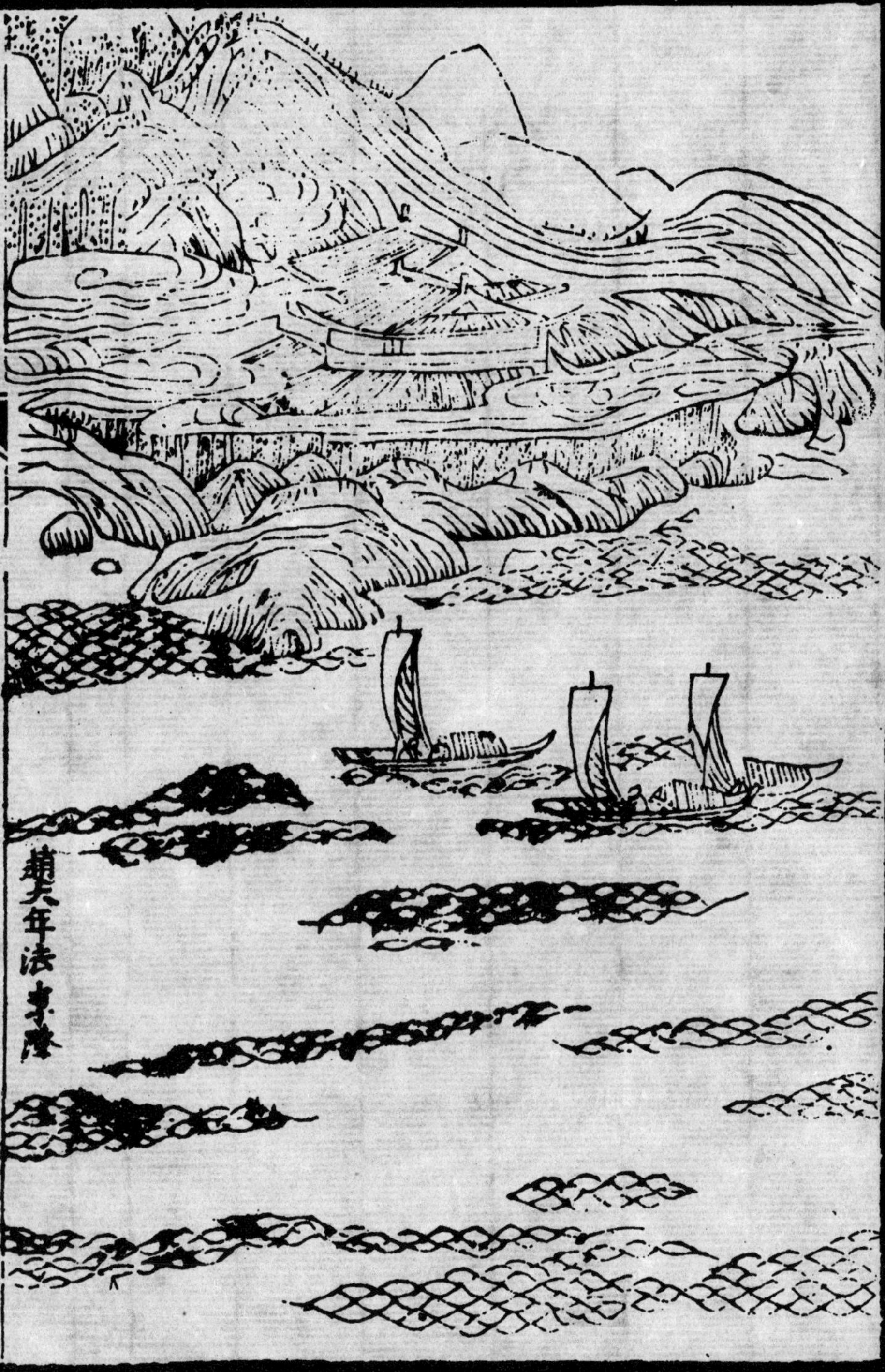

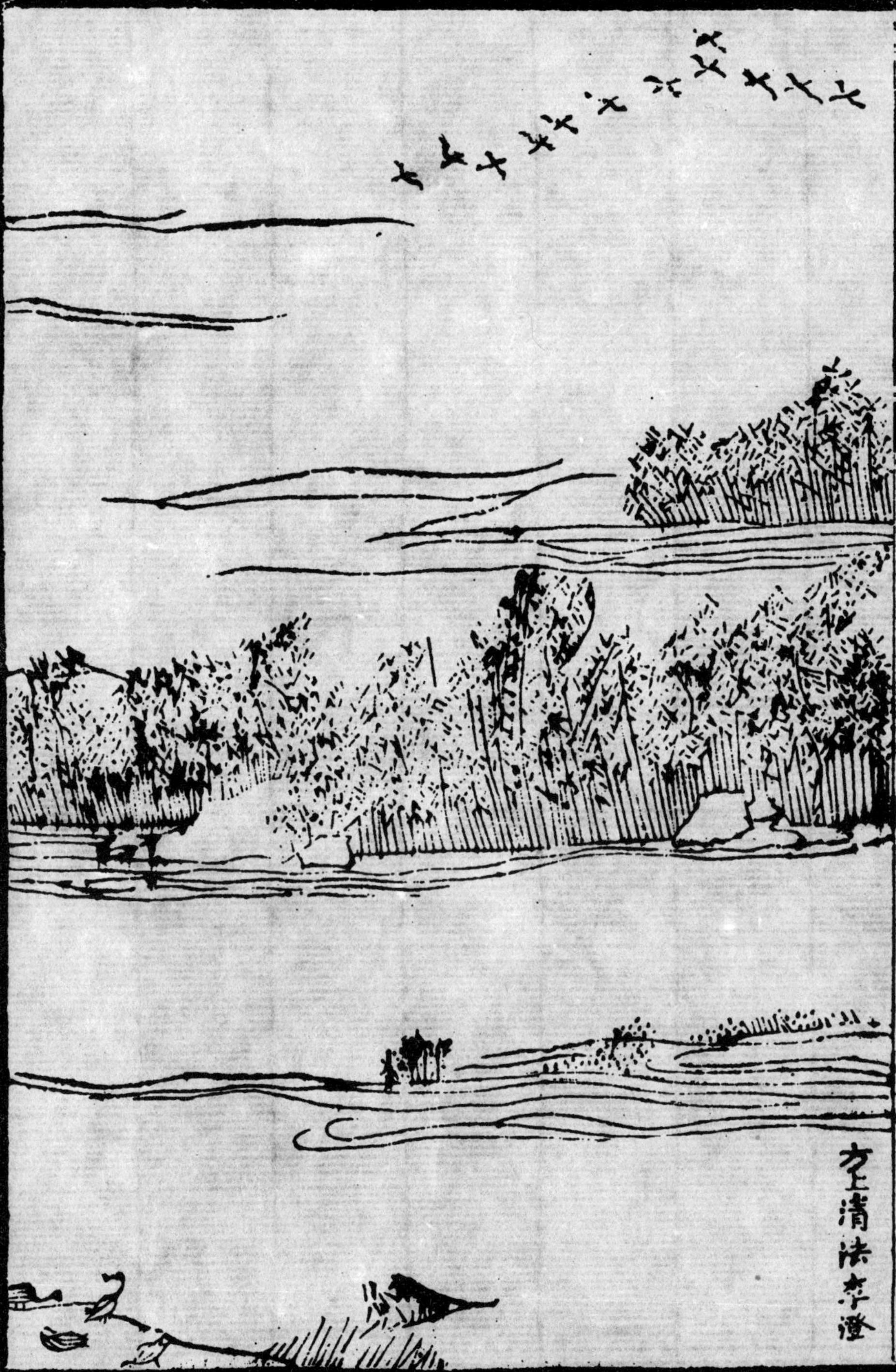

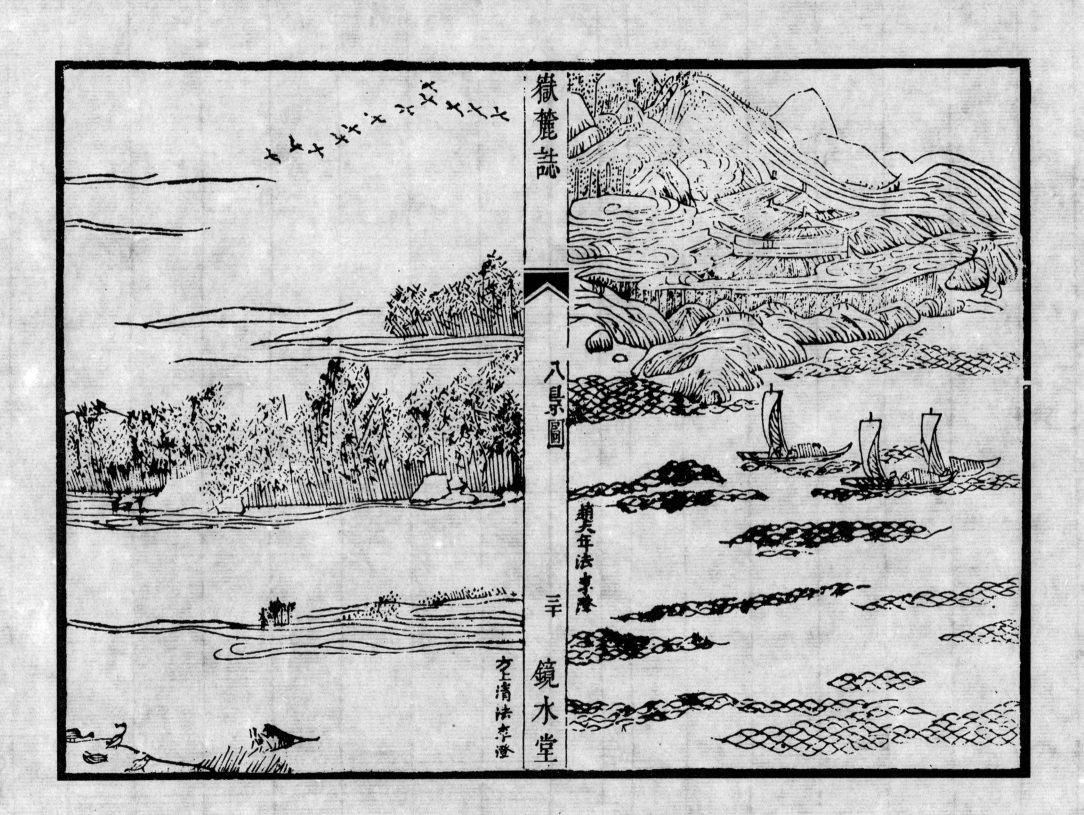

趙松雪法 李潛

八景圖

鏡水堂

倣王右丞法
李澄

范中立畫法李澄

馬蹟溪五里登岸從古渡半里趾中洲僅一帶水登岸宋朱張講學胥由此代有浮橋而今廢矣一岸濱江約四里爲古柳堤中有石坊曰嶽麓書院宋眞宗賜額也岸内有湘西書院舊址進而爲梅堤爲咏歸橋爲濯清池約三里抵書院入靜一堂登尊經閣朱晦翁手書忠孝廉節四大字齋舘號舍各若干楹閣後有堂翼然祀六君子石壁鐫紫陽遺蹟近北爲流觴曲水亭百泉軒源自白鶴泉歷蘭澗爲來轉入洗心濯

纓池一綫清流分沙漏石昔人所謂冷煖與寒暑相變盈減經旱潦不異者非耶右有宣聖殿承以崇臺盤以文石虬柱雲榱華梁藻井今人有宮墻數仞思擊杉百本幹不甚巨而鱗鬚葉鬆鬆如覆髮晉陶士行所植以壯菴居者菴近藏書閣舊址久就荒没其他古柏蒼松修篁巨檜菁茂離披即蔚藍光碧之境盍嘗過之左爲山齋舊址殿后高阜百級上有四箴亭又上即朱張講學處也今古名人碑刻列焉稍進故孫太

守建亭於赫曦臺山下而今以祠道鄉先生矣
降而蒼筤谷舊鍾仙泉吹香亭宋理宗華也趨
而上有崇真觀晉鄧郁修鍊處也久與萬壽宮
射蛟臺俱屬榛莽隨捫蘿附篠以登催抱黃洞
在焉尋循小徑轉磴道蜒蜿峻絕不可步每以
一足躡蹟行左右皆萬仞之谿無可倚歷千餘
級登中庸亭憩焉自是愈高愈險每以肘代蹟
更歷千餘級憩高明亭古赫曦臺基也再轉數百
級達禹碑亭於時色相變幻神彩煥發嶽麓之

奇當無踰此已從禹碑由故道翼而下出櫺星
門覓雨花論苗兩臺基北海碑峙山麓傍有米
元章數字碑經千餘年曾不少泐豈三絕神奇
應亦有山靈呵護耶由此渡清風橋望蘭澗石
瀨水石相駁激如花如雪湃硠有聲登虎風峽
風雩亭道鄉臺雪觀諸古蹟恍在虹光嵐黛間
轉入嶽麓寺不數武經觀音閣覩白鶴泉一線
泉石隙中潺潺出甘冽異諸水循僻岩數百級
上講經臺宮殿北麗其殿後依巖建靜院修廊

廊外緣峯岩泉互相照耀僧人刳竹從岩畔取
泉聲韻更悠諸如古峯修柯朱藤蔓絡幽間續
森當不讓三山五院返峽南趨皆奇石塊而伏
者銑而昂者如獅如佫如烏者發經轉曲層
纍上雲麓峯絕頂昔金道士禁足處也後冶鐵
爲庵鑿石爲柱建宮祠玄帝右五岳帝祠附焉
四面環繞多珍木茂樹輪囷扶蘇而南首琅玕
近千個倚欄遠眺谿谷田隰岡阜林泉江河瀟
濤洲渚城郭王居廬井俱在紫氣青煙中稍降

有石飛岩外如佛螭首而平如砥約一丈士人
豎石爲柱爲欄覆亭其上拜衡岳石下空潑近
數丈澗之毛髮皆豎百千簇竹樹自下迸起聳
挺凌霄姿態有出又轉一奇觀已從石趨南降
百十級山自峯頂纍疊下圍垣高護谷中土石
文緻控邨霞而襟湘水其野秀更異他山自由
左漸趨漸下過豕歸橋越桃園至道林坪古有
道林精舍四絕堂石浴池道林寺又別有天地也
四面高山環合巽石懸巖若舞歌翔翕雲霞映

飛五色氤氳洄流山泉飄風激淪漱石弦鏗可
聽一部鼓吹遠望樵夫牧豎隱躍如畫圖中人
對面三洲水陸寺屹然江心爲麓山門捍漁舫
巨艦縈繞上下水光烟波呈巧獻奇有是哉嶽
麓之勝甲湖南而光今古也然而嶽麓之尊自
書院其重以朱張況乎禹碑蝌蚪千秋欣慕遥
漢晉唐宋以迄於今帝子名賢禪宗羽客風韵
如新夫豈非山川奇異足愓襟期而開清曠之
致耶

大小天馬山

從下渡過橋洲達于岸盡平頓約二里乃入谷口行田村中遂不見峯色稍前將抵禹蹟踩一角露青自山右逶迤西南出雙峯隆起而中窪向東北者首稍昂投江而奔有騰踔之勢其形似馬若先驅開道者然是爲大天馬山其下一岡紆折亦聳兩巒差縮形勢絕相類曰小天馬山從外觀之皆可指數

碧虛山

碧虛山與道鄉臺相左右迴環互抱鬱爲勝境昔人建亭其上名曰風雩故又名風雩山上有修篁碧樹翠蒨成林下有蘭澗崔泉石瀨相屬登眺之際清迴異常所謂麓山景趣在道鄉碧虛間信不誣也風雩亭今毀無存若所謂雩觀者則自昔已湮沒矣其右爲嶽麓寺傳稱長沙第一道場李北海寺碑云雷激庭際月飛窗裡其虛敞勝概尤爲獨絕云

舊志風雩山圖說 即碧虛山

山峯聯疊兩枝互相環拱中多修坂嶒巖左爲

碧虛山古有雪觀右有朱張所築道鄉臺事詳道鄉傳中南軒云麓山景趣在道鄉碧虛間建亭其上名風雩皇明萬曆中僧妙光募刱講經臺萬法堂藏經樓閣院堂廊山泉竹木近三天而羅萬象此長沙第一道場下有觀音閣白鶴泉泉出石中甘潔不涸常有白鶴飛止石巔刻石記之閣前麓山寺西晉大始四年法宗禪師建而法道禪師繼成之至唐司馬寶公頁李北海碑書黃仙鶴篆刻遞及國朝莊嚴備具僧舍

庭院若于楹寺在峯巳平地縱橫千餘丈爲清風峽當溽暑時清風徐來人多憩息于此古有亭傍峽中泉流觸石有聲爲石瀨源自白鶴泉流來其下爲澗有蘭生其中又名蘭澗直瀉至雨花臺道旁北海碑在臺有米元章書數字於碑側摹本者如雲成化太守錢公澍方覆以亭碑歷千餘年而不少剝蝕碑右則聃菴諭苗臺舊基矣

禹蹟蹊

蹊在山口距大江五里大禹疏鑿開山之逕上有拖船垌明德被人萬世不替負笈來者敬思惜陰當從此始

抱黃洞

抱黃洞在禹碑北邃谷中崿石虛脊亦堂亦奥自昔爲煉師所居有沖舉者因以爲名後遂有萬壽宮崇眞觀之構居者既去宮觀尋墟於是蛟蟒之妖竊據以爲宅晉都督陶桓公鎮郡時引弓射蛟應弦而殪岩谷爲之廓清美箭著松復臻游勝至有宋端平中山下鍾尚書特署箸箕之谷名理宗帝亦灑吹香之宸翰而洞鑿之遇斯寵絶矣惜今蕪塞不可入

舊志抱黃洞圖說

禹碑北石山修曠四圍峭峭人跡罕至從前一徑入環視上下左右煙雲靉靆傳古來有道家者流於巖下修煉丹成飛昇去遂名爲抱黃洞上人建萬壽宮崇真觀衡山志稱西晉初年鄧郁葺息觀中羽化未幾而宮觀頹矣至東晉洞有蟒患吐舌爲橋熠目爲炬作聲爲入音歲七月望夜飛瞰於西門自鶴樓爲羽流導引歲次一人登樓其徒又醮以送之都督陶侃異而不信引弓射其炬即時捽搣灑血如雨次日蹤跡得之蟒斃於洞俗名曰蟒蛇洞建射蛟臺於旁以鎮之觀下多美竹宋端平中鍾尚書仙巢於此游息名曰籌筤谷建亭曰吹香理宗爲邵陵防禦時與鍾善親書仙巢吹香亭贈焉仙佛托蹟之地即興廢靡常而境轍自不凡也

舊志道林山圖說

漢唐以前郡邑無庠學人各有精舍往往卜勝地卒業焉嶽麓山左有坪奥衍大江横前亦喧亦寂佳勝莫此若焉南唐時馬燧建有精舍顔曰道林謂其爲道之林也建堂曰四絶謂沈傅師裴休筆札宋之問杜甫篇章宋治平中蔣之奇作記以爲遺歐陽詢而録裴置韓愈而取宋非也乃銓次高下沈書一歐書二杜詩三韓詩四爲四絶右有石池名曰日月新盤傍有寺亦稱

道林歷後唐馬殷重建結搆崇隆廊院雲連僧衆至三百餘歷宋要甚國朝弘治中寺制猶存正德四年守道吴世忠謂寺爲淫祠毁之以木石修書院夫寺原精舍即改寺爲精舍可也而竟兩廢之何耶迄今一望丘墟遺址多歸豪右矣

清風峽

清風峽在嶽麓寺前雙峰相夾中有平壤縱橫十餘丈紫翠菁葱雲烟載目登其上望雪觀風雩則停雲撲翠望蘭澗石漾則濺玉飛花雖橋亭久泐而勝韻自存也當溽暑時清風徐至人多憩休故名以此得

雲麓峰

雲麓夐絶諸巒石骨巉峭非遊屐所得狎登絶頂望南嶽以上之山三江以下之水杳靄空明千里在日其松篁嘉木之蔭多由昔人種植而成明隆慶間有金道士作雲麓宮鑿石構殿覆以銕瓦其挿漢凌風縹緲可想金道士栖眞於此多歷年所張陽和殿元訪之與語契合道士名益以傳岩右有石縱横二丈飛岩外平衹可息七人構亭其上瞻望衡嶽而拜曰拜嶽石殊韻蓋茲峰巖壑之峻

源敷湘蘭之紫對直瀉人雨花臺可匊泉流之潔與碧滋淡漸矣

飛來湖

飛來湖在鳳陽山前橫塘數畝小成湘碧可鈎可泛江皋重岫既遮斷大江當星月倒映隔嶼宿煙一泓之清勝於千頃宋洪覺禪師有詩云連蕩蒲秋色小艇藏菰蒲想見當時此湖外不寂莫今荒若問田遊者不顧山水之顯晦因時盍不獨茲湖爲然矣

湘江

合瀟水烝水而成湘乃合洣淥諸水下合靳水至長沙而澄泓漾碧是爲湘江湘中記曰衡山東南二面臨映湘川自長沙至衡七百里中有九背故漁者歌曰帆隨湘轉望衡九面此言湘之與嶽爲瀠洄也水經曰湘水北逕北津城西西對橘洲又曰北會瓦官水口爲湘浦此言湘之與嶽麓爲渟滀也又曰湘川淸照五六丈下見底石如樗蒲五色鮮明白沙如雪赤岸若霞此合麓江東西而爲湘水之至淸而呈奇也是則嶽趨於江而爲麓湘會於麓而爲江湘與嶽之相成可考也夫水至于長沙將積爲三江放爲重湖氣非不浩淼也而湘浮橋樹渟馥蓮花其芳淸容與者姊一與麓山之泉澗潛相灒漸故麓之德齊新湘之氣嘗靜也若夫沐浴星雲涵洵今古湘之視湖南也無涯矣

舊志湘江圖說

水自西粤北流而下曰湘謂由靈渠即與灕水烝水相合也自合洣水淥水漣水涓水靳水至長

沙澄泓汪濟其色清而不駛白而漾碧湘中記云湘水至清雖深五六丈見底了了石子如樗蒲白沙如雪霜赤岸似朝霞巨艦舸舫杯浮蕩漾江心有潭曰蓮花清秋良夜蓮浮水面三洲居中流可十里若曳疋帛而實不相連故古傳三洲連出狀元之讖朱張以東渚名之而以西嶼名嶽麓漁人誅茆架屋近百楹茺江一望鋪青縈紫景趣更宜於春于夜于雨雪中洲即古渡售有浮橋夫嶽麓僅一帶水宋安撫劉珙置船數十以待往來學者遊息名曰船齋下洲多美橋稱橋洲水極泛漫洲獨不沒昔人所謂聊潭無底橋洲浮是也洲盡處寺曰水陸元濟應禪師建寺後爲拱極樓約高六七十尺仰瞻嶽麓似在雲端俯瞷湘江如鏡光浮野千里之風排闥而入梵音鐘磬與漁歌互應達嶽麓岸上爲古堤下爲禹蹟溪郡守季彭山勒坊記之

橘洲

上中下三洲沙石圍水面而起可十里承平時居民百餘家望之如帶質不相連橘洲在下水極泛時洲獨不没昭潭無底橘洲浮古志之矣洲盡處有寺曰水陸寺後爲拱極樓江心樓閣受麓色最親而風煙拼蕩波月光連尤爲曠絶視柳下漁舟晞網落日圖畫天然樓上嘗有人書聯於壁間曰五六月間無暑氣二三更裏有漁歌此眞景也寺閣數毁於兵亦數經修葺人家今存者十一若橘樹之族不知化於何代矣

靳江口

靳江口卽石宦水口湘浦也從湘鄉萬歲塘來經寧鄉麻山過楚大夫靳尚墓前出水經曰逕石宦西湘洲商舟之所次也麓西南諸山森秀百叠登麓而至者此水皆逶迤隨之

瀠灣潭

瀠灣水出麓山左自之字港來曲折數十里爲瀠港可通舟濵江三里穿孔道繞瀠灣市北以出將入大江渚爲潭阜阜迴環江氣歛萃麓山之門森然有辨矣

亦不隨爲湮沒也後之登臨者睹其蹟思其人又豈特廣聞見資遊覽已哉爰作古蹟志而書院則另爲一編示獨重也其不因古而創建者標曰新建附紀于後以告來茲云

大禹碑在山左高磴鐫石壁上凡七十七字

張世南遊宦紀聞曰何賢良名致字子一嘉定壬申遊南嶽至祝融峯下按山志禹碑在岣嶁山詢樵者謂採樵其上見石壁間有數十字何與之前導過隱眞屏復渡一二小澗攀蘿捫葛

至碑所為苔蘚所封讀之皆古篆五十餘字俱
難識字高濶約五寸許取隨行市厮模之歸旅
舍奏成本何過長沙以一獻連帥曹彥約并椰
子廓所作書般若和尚第二碑以一搨坐右自
為寶玩曹甚喜躁衡山令搜訪令報云椰碑在
上封寺去冬雪多爭裂禹碑自昔人罕見之反
疑何取之乞處以誑曹何乃摹刻於嶽麓之
沒於榛莽不見嘉靖乙未從石壁間搜獲流傳
海內遂稱神物云

舊志禹碑山圖說　按碑之奇異隱見詳之韓
劉諸詩詞張光叔紀聞惟是何子一宋加定五年
得之山頂日入蕪沒幾四百年至本朝嘉靖九
年太守潘公鎡剔土榻傳朝野始獲快睹虞夏
之書三十年太守張公西銘覆之以亭崇禎三
年兵道石公維嶽重修亭臺圍以石墻南北設
門司啓閉行且傳千萬世不朽矣碑左有神禹
擁船埛稍南數級下赫曦臺舊址考文公靈谷
山記曰余名嶽麓山頂曰赫曦臺張伯和為大

書甚壯麗後廢孫太守復建一亭於山下而今以祠道鄉舊址改建爲高明亭矣

李邕麓山寺碑在嶽麓書院右世稱三絶碑以邕撰文并書及江夏黄仙鶴刻或云仙鶴即邕托名也至今摹傳碑後米芾鐫題十餘字云襄陽米黻同廣惠道人來元豐庚申元日明知府錢瀏砌亭覆之

四絶堂在道林寺側南唐馬氏建以沈傳師裴休筆札宋之問杜甫篇章爲四絶宋蔣之奇作記以爲遺歐陽詢而錄裴置韓愈而取宋未然乃詮次高下沈書一詢書二杜詩三韓詩四又米黻寶章待訪錄曰唐禮部尚書沈傳師書道林詩在道林寺四絶堂以杉板薄畧布粉不蓋紋故歲人不脫裴休書杜甫詩只存一甫字某嘗爲壯板行以紀其事沈碑某官至潭借留書齋半歲櫥得其石本爲模不俗希自務於勁快多攻落筆端直無復縹緲縈回飛動之勢又曰歐陽詢書道林寺碑筆 險勁勾勒而成有刻板本

今俱不可得而見矣
吹香亭倉筤谷上仙巢鍾尚書建宋理宗親書仙
巢吹香亭五字
忠孝廉節四大字宋朱晦菴手書留於尊經閣
禹碑亭在山左絕頂明嘉靖三十年郡守張公西
銘創建崇禎三年兵道石公維嶽重修後盡毀
圯 康熙二十六年藩伯黃公震性捐貲建復
有記
射蛟臺在抱黃洞側晉時德潤門外有白鶴觀觀有

高樓與麓山抱黃洞相對起洞有妖蟒能吐舌
爲橋奮鬣爲仗翼角爲天門熠目爲炬作聲爲
八音舞歲七月十五夜飛瞯樓上羽流被惑以
爲導引昇仙歲次一人齋戒以俟其徒乂蘸而
拜送之陶桓公鎮長沙弗信引弓矢射其炬即
時捽滅灑血如雨次日踪跡得之蟒斃於洞剖
其腹人骨羽冠斗許俗因呼曰蟒洞後人建臺
誦其功名射蛟
杉菴嶽麓山陶侃種杉結菴後菴廢杉存古鬣可

愛往猶及見之今且爲兵卒伐盡矣

赫曦臺嶽麓山上文公雲谷山記曰余名嶽麓山頂曰赫曦張伯和父爲大書臺上懸崖有篆字數十隱見不明嘉靖戊子知府孫存建亭

道鄉臺嶽麓寺畔宋鄒浩號道鄉謫衡過長沙守臣温益下逐客令不容風雨渡湘嶽麓山僧列炬迎之後張栻爲築臺朱熹刻石曰道鄉以表焉萬曆丁巳學道鄒志隆改赫曦山下建屋奉祀久廢新建

風雩亭在嶽麓書院南宋劉珙建爲門人游息之所今廢

飲馬池嶽麓山前宋朱張講學時從游者衆輿馬飲水欲盡俗呼應塘

諭苗臺書院右朱文公諭猺處遺址尚存

百泉軒在曲水上嶽麓書院左朱張二公建元吳澄有記今廢

山齋劉珙建嶽麓山下今廢

濯纓池在百泉軒下宋安撫劉珙建

清風橋在清風峽上

詠歸橋在梅堤下橋下爲濯纓池宋安撫劉珙建

船齋劉珙建巨艦於江以待學者往來今廢

道中庸亭在朱張祠上朱文公題額舊址久廢

康熙二十六年　撫院丁公思孔重建

極高明亭在禹碑右稍下一嶺朱文公題額舊址

久廢　康熙戊申　撫部周公召南建後毀

于兵丁卯　撫院丁公思孔重建

四箴亭在聖殿後高阜上宋朱張荐建明天啟推

官林正亨重修石刻程明道視聽言動四箴中

刻明世宗敬一箴崇禎末年兵毀　康熙戊申

撫部周公召南建後旋毀於兵丁卯　撫院丁

公思孔重修

翠微亭在江邊天馬山上帆檣城郭一目千里景

色最曠朱文公題額舊址久廢　康熙丁卯

撫院丁公思孔重建

擬蘭亭在聖殿右引水爲流觴曲水寧鄉陶汝鼐

題額

泼泉亭在擬蘭亭北古井一泓可鑑鬚髮内有明

顧璘詩刻

新建

御書樓在聖殿右康熙戊辰　撫院丁公思孔議建

并有御記其鳩工庀材實郡丞趙寧成其志焉

丁大中丞講堂在諸賢祠左康熙戊辰郡丞趙寧

建

自御亭在書院達江道右康熙戊辰郡丞趙寧創

建并名有記其記係掌垣車歙州先生所書

諸賢祠在書院左康熙丙寅建傚嵩陽書院舊制

也

寺觀

寓內名山多稱福地浮圖老子之宮往往在焉自秦漢之求仙不効隋梁之奉佛無功二氏若無辭於譏斥矣然而華陰經世懶瓚識人其相資固在深山大澤之間也使今麓山復有禁足道士之玄論高僧齊巳之詩囊禪宗範老之文字雖昌黎不能不傾倒於大顛柳州不能不繾綣於元子矣而況藥圃花關餐英擷秀溪橋松梵策倦驅塵夫非讀書樂道者之一助歟正不必以錯雜書院爲嫌

也故紀晉唐以來寺觀附於簡末俾各有考焉

寺

嶽麓寺在風雩山亭右西晉大始四年創建歷代住持禪燈不替昔稱長沙第一道場唐隋以前塔廟尤盛詳李邕麓山寺碑記中以後修葺年月多無攷至 國朝康熙十年住持擴禪師重修旋毀于兵一十年嗣法燈禪師建復有記

道林寺在書院山左隋唐爲律院宋政禪自圓悟雪岩住持宗風大振旁有石洛池五代馬殷

建四絕堂於其地宋蔣穎叔有記久廢　今果
如禪德於順治戊戌重開漸次興建成鉅觀
南臺寺舊在寂音泉上唐道俊禪師道場號爲水
西南臺皇祐間廢爲律後洪覺範自鹿苑移居
於此復成叢席傍有明白菴故址見僧寶傳
今廢
西林寺舊在書院右古有清高堂廓然亭久廢上
有雨花臺磐石天然其五寺基規模弘敞今尚
可跡

景德寺唐宋相承制極壯麗覺範閱藏於此今
廢
眞身禪寺舊在鳳陽山前赤沙湖上覺範有待月
詩序今廢
香雨菴舊在西林寺右久廢而其菴址最幽邃
古舍利塔在清澗陰之上隋文帝建僧以亂石砌
小浮屠屢經劫火巋然不墜覺範有記載石門
文字
附載

興化寺在玉屏山下潆灣市孔道旁負岫當江山水拱抱與東崖鐵佛開福諸剎氣勢遙應亦麓支形勝之區寺廢没久矣舊屬明吉府莊地土人有能言其爲古興化者然舊志未載無所考但據傳燈錄明禪師住潭州興化後住福巖示衆云在興化時只見興化家風迎來送去門連城市車馬駢填漁唱瀟湘猿啼嶽麓絲竹歌謠時時入耳等句則髣髴其地未遠也近年雪照禪德來自荆南偶然剪棘遂成精廬隨宜教化高人善友多相游從以此卜時節臻興剎竿建處即成勝境今興化亦何必非古興化耶

水陸寺橘洲尾元濟應禪寺開明末燬於兵順治甲午住持僧募衆重建

觀

古雪觀在舊君虛山右地極清邈真仙客所居然觀自宋已不復觀後遂無修復者

萬壽宮抱黄洞下久廢

崇真觀在古萬壽宮後即跛仙隱處有南山七卜